—— 新版 ——
小学语文同步阅读

猫·母鸡

MAO MUJI

老舍

著

长江出版传媒 | 长江文艺出版社

目录

小动物们

猫

猫的性格实在有些古怪。说它老实吧，它的确有时候很乖。它会找个暖和地方，成天睡大觉，无忧无虑，什么事也不过问。可是，赶到它决定要出去玩玩，就会走出一天一夜，任凭谁怎么呼唤，它也不肯回来。说它贪玩吧，的确是呀，要不怎么会一天一夜不回家呢？可是，及至它听到点老鼠的响动啊，它又多么尽职，屏息凝视，一连就是几个钟头，非把老鼠等出来不拉倒！

它要是高兴，能比谁都温柔可亲：用身子蹭你的腿，把脖儿伸出来要求给抓痒，或是在你写稿子的时候，跳上桌来，在纸上踩印几朵小梅花。它还会丰富多腔地叫唤，长短不同，粗细各异，变化多端，力避单调。在不叫的时候，它还会咕噜咕噜地给自己解闷。这可都凭它的高兴。它若是不高兴啊，无论谁说多少好话，它一声也不出，连半个小梅花也不肯印在稿纸上！它倔强得很！

是，猫的确是倔强。看吧，大马戏团里什么狮子、老虎、大象、狗熊，甚至于笨驴，都能表演一些玩意儿，可是谁见过耍猫呢？（昨天才听说：苏联的某马戏团里确有耍猫的，我当然还没亲眼见过。）

这种小动物确是古怪。不管你多么善待它，它也不肯跟着你上街去逛逛。它什么都怕，总想藏起来。可是它又那么勇猛，不要说见着小虫和老鼠，就是遇上蛇也敢斗一斗。它的嘴往往被蜂儿或蝎子蜇得肿起来。

赶到猫儿们一讲起恋爱来，那就闹得一条街的人们都不能安睡。它们的叫声是那么尖锐刺耳，使人觉得世界上若是没有猫啊，一定会更平静一些。

可是，及至女猫生下两三个棉花团似的小猫啊，你又不恨它了。它是那么尽责地看护儿女，连上房兜兜风也不肯去了。

郎猫可不那么负责，它丝毫不关心儿女。它或睡大觉，或上屋去乱叫，有机会就和邻居们打一架，身上的毛儿滚成了毡，满脸横七竖八都是伤痕，看起来实在不大体面。好在它没有照镜子的习惯，依然昂首阔步，大喊大叫。它匆忙地吃两口东西，就又去挑战开打。有时候，它两天两夜不回家，可是当你以为它可能已经远走高飞了，它却瘸着腿大败而归，直入厨房要东西吃。

过了满月的小猫们真是可爱，腿脚还不甚稳，可是已经学会淘气。妈妈的尾巴，一根鸡毛，都是它们的好玩具，耍上没结没完。一玩起来，它们不知要摔多少跟头，但是跌倒即马上起来，再跑再跌。它们的头撞在门上、桌腿上和彼此的头上。撞疼了也不哭。

它们的胆子越来越大，逐渐开辟新的游戏场所。它们到院子里来了。院中的花草可遭了

殃。它们在花盆里摔跤，抱着花枝打秋千，所过之处，枝折花落。你不肯责打它们，它们是那么生气勃勃，天真可爱呀。可是，你也爱花。这个矛盾就不易处理。

现在，还有新的问题呢：老鼠已差不多都被消灭了，猫还有什么用处呢？而且，猫既吃不着老鼠，就会想办法去偷捉鸡雏或小鸭什么的开开斋。这难道不是问题么？

在我的朋友里颇有些位爱猫的。不知他们注意到这些问题没有？记得二十年前在重庆住着的时候，那里的猫很珍贵，须花钱去买。在当时，那里的老鼠是那么猖狂，小猫反倒须放在笼子里养着，以免被老鼠吃掉。据说，目前在重庆已很不容易见到老鼠。那么，那里的猫呢？是不是已经不放在笼子里，还是根本不养猫了呢？这须打听一下，以备参考。

也记得三十年前，在一艘法国轮船上，我吃过一次猫肉。事前，我并不知道那是什么肉，因为不识法文，看不懂菜单。猫肉并不难吃，虽不甚香美，可也没什么怪味道。是不是该把猫都送往法国轮船上去呢？我很难做出决定。

　　猫的地位的确降低了，而且发生了些小问题。可是，我并不为猫的命运多耽什么心思。想想看吧，要不是灭鼠运动得到了很大的成功，消除了巨害，猫的威风怎会减少了呢？两相比较，灭鼠比爱猫更重要得多，不是吗？我想，世界上总会有那么一天，一切都机械化了，不是连驴马也会有点问题吗？可是，谁能因担忧驴马没有事做而放弃了机械化呢？

母 鸡

一向讨厌母鸡。不知怎样受了一点惊恐，听吧，它由前院嘎嘎到后院，由后院再嘎嘎到前院，没结没完，而并没有什么理由，讨厌！有的时候，它不这样乱叫，可是细声细气的，有什么心事似的，颤颤巍巍的，顺着墙根，或沿着田坝，那么扯长了声如怨如诉，使人心中立刻结起个小疙瘩来。

它永远不反抗公鸡。可是，有时候却欺侮那最忠厚的鸭子。更可恶的是遇到另一只母鸡的时候，它会下毒手，趁其不备，狠狠地咬一口，咬下一撮儿毛来。

到下蛋的时候，它差不多是发了狂，恨不

能使全世界都知道它这点儿成绩；就是聋子也会被它吵得受不下去。

可是，现在我改变了心思，我看见一只孵出一群小雏鸡的母亲。

不论是在院里，还是在院外，它总是挺着脖儿，表示出世界上并没有可怕的东西。一个鸟儿飞过，或是什么东西响了一声，它立刻警戒起来，歪着头儿听；挺着身儿预备作战；看看前，看看后，咕咕地警告鸡雏要马上集合到它身边来！

发现了一点可吃的东西，它咕咕地紧叫，啄一啄那个东西，马上便放下，教它的儿女吃。结果，每一只鸡雏的肚子都圆圆地下垂，像刚装了一两个汤圆儿似的，它自己却消瘦了许多。假若有别的大鸡来抢食，它一定出击，把它们赶出老远，连大公鸡也怕它三分。

它教给鸡雏们啄食、掘地、用土洗澡，一天教多少多少次。它还半蹲着——我想这是相当劳累的——教它们挤在它的翅下、胸下，得一点温暖。它若伏在地上，鸡雏们有的便趴在它的背上，啄它的头或别的地方，它一声也不哼。

在夜间若有什么动静，它便放声啼叫，顶尖锐、顶凄惨，使任何贪睡的人也得起来看看，是不是有了黄鼠狼。

它负责、慈爱、勇敢、辛苦，因为它有了一群鸡雏。它伟大，因为它是鸡母亲。一个母亲必定就是一位英雄。

我不敢再讨厌母鸡了。

小麻雀

雨后，院里来了个麻雀，刚长全了羽毛。它在院里跳，有时飞一下，不过是由地上飞到花盆沿上，或由花盆上飞下来。看它这么飞了两三次，我看出来：它并不会飞得再高一些，它的左翅的几根长翎拧在一处，有一根特别的长，似乎要脱落下来。我试着往前凑，它跳一跳，可是又停住，看着我，小黑豆眼带出点要亲近我又不完全信任的神气。我想到了：这是个熟鸟，也许是自幼便养在笼中的。所以它不十分怕人。可是它的左翅也许是被养着它的或别个孩子给扯坏，所以它爱人，又不完全信任。想到这个，我忽然地很难过。一个飞禽失去翅膀是多么可怜。这个小鸟离了人恐怕不会活，可是人又那么狠心，伤了它的翎羽。它被人毁坏了，而还想依靠人，多么可怜！它的眼带出进退为难的神情，虽然只是那么个小而不美的小鸟，它的举动与表情可露出极大的委屈与为难。它是要保全它那点生命，而不晓得如何是好。对它自己与人都没有信心，而又愿找到些倚靠。它跳一跳，停一停，看着我，又不敢过来。我想拿几个饭粒诱它前来，又不敢离开，我怕小猫来扑它。可是小猫并没在院里，我很快地跑进厨房，抓来了几个饭粒。及至我回来，小鸟已不见了。我向外院跑去，小猫在影壁前的花盆旁蹲着呢。我忙去驱逐它，它只一扑，把小鸟擒住！被人养惯的小麻雀，连挣扎都不会，尾与爪在猫嘴旁拳拉着，和死去差不多。

瞧着小鸟，猫一头跑进厨房，又一头跑到西屋。我不敢紧迫，怕它更咬紧了，可又不能不追。虽然看不见小鸟的头部，我还没忘了那个眼神。那个预知生命危险的眼神。那个眼神与我的好心中间隔着一只小白猫。来回跑了几次，我不追了。追上也没用了，我想，小鸟至少已半死了。猫又进了厨房，我愣了一会儿，赶紧地又追了去；那两个黑豆眼仿佛在我心内睁着呢。

进了厨房，猫在一条铁筒——冬天生火通烟用的，春天拆下来便放在厨房的墙角——旁蹲着呢。小鸟已不见了。铁筒的下端未完全扣在地上，开着一个不小的缝儿，小猫用脚往里探。我的希望回来了，小鸟没死。小猫本来才四个来月大，还没捉住过老鼠，或者还不会杀生，只是叼着小鸟玩一玩。正在这么想，小鸟，忽然出来了，猫倒像吓了一跳，往后躲了躲。小鸟的样子，我一眼便看清了，登时使我要闭上了眼。小鸟几乎是蹲着，胸离地很近，像人害肚痛蹲在地上那样。它身上并没血。身子可似乎是蜷在一块，非常的短。头低着，小嘴指着地。那两个黑眼珠！非常的黑，非常的大，不看什么，就那么顶黑顶大地愣着。它只有那么一点活气，都在眼里，像是等着猫再扑它，它没力量反抗或逃避；又像是等着猫赦免了它，或是来个救星。生与死都在这俩眼里，而并不是清醒的。它是糊涂了，昏迷了；不然为什么由铁筒中出来呢？可是，虽然昏迷，到底有那么一点说不清的，生命根源的，希望。这个希望使它注视着地上，等着，等着生或死。它怕得非常的忠诚，完全把自己交给了一线的希望，一点也不动。像要把生命从两眼中流出，它不叫也不动。

小猫没再扑它，只试着用小脚碰它。它随着击碰倾侧，头不动，眼不动，还呆呆地注视着地上。但求它能活着，它就决不反抗。可是并非全无勇气，它是在猫的面前不动！我轻轻地过去，把猫抓住。将猫放在门外，小鸟还没动。我双手把它捧起来。它确是没受了多大的伤，虽然胸上落了点毛。它看了我一眼！

我没主意：把它放了吧，它准是死；养着它吧，家中没有笼子。我捧着它好像世上一切生命都在我的掌中似的，我不知怎样好。小鸟不动，蜷着身，两眼还那么黑，等着！愣了好久，我把它捧到卧室里，放在桌子上，看着它，它又愣了半天，忽然头向左右歪了歪，用它的黑眼睁了一下；又不动了，可是身子长出来一些，还低头看着，似乎明白了点什么。

多鼠斋杂谈（节选）

一、猫的早餐

多鼠斋的老鼠并不见得比别家的更多，不过也不比别处的少就是了。前些天，柳条包内，棉袍之上，毛衣之下，又生了一窝。

没法不养只猫子了，虽然明知道一买又要一笔钱，"养"也至少须费些平价米。

花了二百六十元买了只很小很丑的小猫来。我很不放心。单从身长与体重说，厨房中的老一辈的老鼠会一日咬两只这样的小猫的。我们用麻绳把咪咪拴好，不光是怕它跑了，而是怕它不留神碰上老鼠。

我们很怕咪咪会活不成的，它是那么瘦小，而且终日那么团着身哆里哆嗦的。

人是最没办法的动物，而他偏偏爱看不起别的动物，替它们担忧。

吃了几天平价米和煮包谷，咪咪不但没有死，而且欢蹦乱跳的了。它是个乡下猫，在来到我们这里以前，它连米粒与包谷粒大概也没吃过。

我们总觉得有点对不起咪咪——没有鱼或肉给它吃，没有牛奶给它喝。猫是食肉动物，不应当吃素！

可是，这两天，咪咪比我们都要阔绰了；人才真是可怜虫呢！昨天，我起来相当的早，一开门咪咪骄傲地向我叫了一声，右爪按着个已半死的小老鼠。咪咪的旁边，还放着一大一小的两个死蛙——也是咪咪咬死的，而不屑于去吃，大概死蛙的味道不如老鼠的那么香美。

我怔住了，我须戒酒、戒烟、戒茶，甚至要戒荤，而咪咪——会有两只蛙、一只老鼠作早餐！说不定，它还许已先吃过两三个蚱蜢了呢！

二、狗

中国狗恐怕是世界上最可怜最难看的狗。此处之"难看"并不指狗种而言，而是与"可怜"密切相关。无论狗的模样身材如何，只要喂养得好，它便会长得肥肥胖胖的，看着顺眼。中国人穷。人且吃不饱，狗就更提不到了。因此，中国狗最难看；不是因为它长得不体面，而是因为它骨瘦如柴，终年夹着尾巴。

每逢看见被遗弃的小野狗在街上寻找粪吃，我便要落泪。我并非是爱作伤感的人，动不动就要哭一鼻子。我看见小狗的可怜，也就是感到人民的贫穷。民富而后猫狗肥。

中国人动不动就说：我们地大物博。那也就是说，我们不用着急呀，我们有的是东西，永远吃不完喝不尽哪！哼，请看看你们的狗吧！

还有：狗虽那么摸不着吃（外国狗吃肉，

中国狗吃粪；在动物学上，据说狗本是食肉兽），那么随便就被人踢两脚、打两棍，可是它们还照旧地替人们服务。尽管它们饿成皮包着骨，尽管它们刚被主人踹了两脚，它们还是极忠诚地去尽看门守夜的责任。狗永远不嫌主人穷。这样的动物理应得到人们的赞美，而忠诚、义气、安贫、勇敢，等等好字眼都该归之于狗。可是，我不晓得为什么中国人不分黑白地把汉奸与小人叫作走狗，倒仿佛狗是不忠诚不义气的动物。我为狗喊冤叫屈！

猫才是好吃懒做，有肉即来、无食即去的东西。洋奴与小人理应被叫作"走猫"。

或者是因为狗的脾气好，不像猫那样傲慢，所以中国人不说"走猫"而说"走狗"？假若真是那样，我就又觉得人们未免有点"软的欺，硬的怕"了！

不过，也许有一种狗，学名叫作"走狗"；那我还不大清楚。

三、帽

　　在七七抗战后，从家中跑出来的时候，我的衣服虽都是旧的，而一顶呢帽却是新的。那是秋天在济南花了四元钱买的。

　　廿八年随慰劳团到华北去，在沙漠中，一阵狂风把那顶呢帽刮去，我变成了无帽之人。假若我是在四川，我便不忙于去再买一顶——那时候物价已开始要张开翅膀。可是，我是在北方，天已常常下雪，我不可一日无帽。于是，在宁夏，我花了六元钱买了一顶呢帽。在战前它公公道道地值六角钱。这是一顶很顽皮的帽子。它没有一定的颜色，似灰非灰，似紫非紫，似赭非赭，在阳光下，它仿佛有点发红，在暗处又好似有点绿意。我只能用"五光十色"去形容它，才略为近似。它是呢帽，可是全无呢意。我记得呢子是柔软的，这顶帽可是非常的坚硬，用指一弹，它当当地响。这种不知何处制造的硬呢会把我的脑门儿勒出一道小沟，使我很不舒服；我须时时摘下帽来，教脑袋休息一下！赶到淋了雨的时候，它就完全失去呢性，而变成铁筋洋灰的了。因此，回到重庆以后，我总是能不戴它就不戴；一看见它我就有点害怕。

因为怕它，所以我在白象街茶馆与友摆龙门阵之际，我又买了一顶毛织的帽子。这一顶的确是软的，软得可以折起来，我很高兴。

不幸，这高兴又是短命的。只戴了半个钟头，我的头就好像发了火，痒得很。原来它是用野牛毛织成的。它使脑门热得出汗，而后用那很硬的毛儿刺那张开的毛孔！这不是戴帽，而是上刑！

把这顶野牛毛帽放下，我还是得戴那顶铁筋洋灰的呢帽。经雨淋、汗沤、风吹、日晒，到了今年，这顶硬呢帽不但没有一定的颜色，也没有一定的样子了——可是永远不美观。每逢戴上它，我就躲着镜子；我知道我一看见它就必有斯文扫地之感！

前几天，花了一百五十元把呢帽翻了一下。

它的颜色竟自有了固定的倾向，全体都发了红。它的式样也因更硬了一些而暂时有了归宿，它的确有点帽子样儿了！它可是更硬了，不留神，帽檐碰在门上或硬东西上，硬碰硬，我的眼中就冒了火花！等着吧，等到抗战胜利的那天，我首先把它用剪子铰碎，看它还硬不硬！

四、傻子

在民间的故事与笑话里，有许多许多是讲兄弟三个，或姐妹三个，或盟兄弟三个，或女婿三个；第三个必定是傻子，而傻子得到最后的胜利。据说这种结构的公式是世界性的，世界各处都有这样的故事与笑话。为什么呢？因为人们是同情于弱者的。三弟三妹三女婿既最幼，又最傻，所以必须胜利。

和许多别种民间故事与笑话的含义一样，这种同情弱者的表示可也许是"夫子自道也"。这就是说：人民有一肚子委屈而无处去诉，就只好想象出一位"臣包文正"，或北侠欧阳春来，给他们撑一撑腰，吐一口气。同样的，他们制造出弱者胜利的故事与笑话，也是为了自慰；故事与笑话中的傻子就是他们自己。他们自己既弱且愚，可是他们讽刺了那有势力，有钱财，与有学问的人，他们感到胜利。

可是，这种讽刺的胜利到底是否真正的胜利，就不大好说。假若胜利必须是精神上的呢，他们大概可以算得了胜。反之，精神胜利若因无补于实际而算不得胜利，那就不大好办了。

在我们的民间，这种傻子胜利的故事与笑话似乎比哪一国都多。我不知道，我应当庆祝他们已经得到胜利，还是应当把我的"怪难过的"之感告诉给他们。

落花生

　　我是个谦卑的人。但是，口袋里装上四个铜板的落花生，一边走一边吃，我开始觉得比秦始皇还骄傲。假若有人问我："你要是做了皇上，你怎么享受呢？"简直都不必思索，我就答得出："派四个大臣拿着两块钱的铜子，爱买多少花生吃就买多少！"

　　什么东西都有个幸与不幸。不知道为什么瓜子比花生的名气大。你说，凭良心说，瓜子有什么吃头？它夹你的舌头，塞你的牙，激起你的怒气——因为一咬就碎；就是幸而没碎，也不过是那么小小的一片，不解饿，没味道，劳民伤财，布尔乔亚！你看落花生：大大方方的，浅白麻子，细腰，曲线美。这还只是看外貌。弄开看：一胎儿两个或者三个粉红的胖小子。脱去粉红的衫儿，象牙色的豆瓣一对对地抱着，上边儿还结着吻。那个光滑，那个水灵，那个香喷喷的，碰到牙上那个干松酥软！白嘴吃也好，就酒喝也好，放在舌上当槟榔含着也好。写文章的时候，三四个花生可以代替一支香烟，而且有益无损。

种类还多呢：大花生、小花生、大花生米、小花生米、糖饯的、炒的、煮的、炸的，各有各的风味，而都好吃。下雨阴天，煮上些小花生，放点盐；来四两玫瑰露；够作好几首诗的。瓜子可给诗的灵感？冬夜，早早地躺在被窝里，看着《水浒》，枕旁放着些花生米；花生米的香味，在舌上，在鼻尖；被窝里的暖气，武松打虎……这便是天国！冬天在路上，刮着冷风，或下着雪，袋里有些花生使你心中有了主儿；掏出一个来，剥了，慌忙往口中送，闭着嘴嚼，风或雪立刻不那么厉害了。况且，一个二十岁以上的人肯神仙似的，无忧无虑地，随随便便地，在街上一边走一边吃花生，这个人将来要是做了宰相或度支部尚书，他是不会有官僚气与贪财的。他若是做了皇上，必是朴俭温和直爽天真的一位皇上，没错。吃瓜子的照例不在街上走着吃，所以我不给他保这个险。

至于家中要是有小孩儿，花生简直比什么也重要。不但可以吃，而且能拿它们玩。夹在耳唇上当环子，几个小姑娘就能办很大的一回喜事。小男孩若找不着玻璃球儿，花生也可以当弹儿。玩法还多着呢。玩了之后，剥开再吃，也还不脏。两个大子儿的花生可以玩半天；给他们些瓜子试试。

论样子，论味道，栗子其实满有势派儿。可是它没有落花生那点家常的"自己"劲儿。栗子跟人没有交情，仿佛是。核桃也不行，榛子就更显着疏远。落花生在哪里都有人缘，自天子以至庶人都跟它是朋友；这不容易。

在英国，花生叫作"猴豆"——Monkey Nuts。人们到动物园去才带上一包，去喂猴子。花生在这个国里真不算很光荣，可是我亲眼看见去喂猴子的人——小孩就更不用提了——偷偷地也往自己口中送这猴豆。花生和苹果好像一样的有点魔力，假如你知道苹果的典故；我这儿确是用着典故。

美国吃花生的不限于猴子。我记得有位美国姑娘，在到中国来的时候，把几只皮箱的空处都填满了花生，大概凑起来总够十来斤吧，怕是到中国吃不着这种宝物。美国姑娘都这样重看花生，可见它确是有价值；按照哥伦比亚的哲学博士的辩证法看，这当然没有误儿。

花生大概还跟婚礼有点关系，一时我可想不起来是怎么个办法了；不是新娘子在轿里吃花生，不是；反正是什么什么春吧——你可晓得这个典故？其实花轿里真放上一包花生米，新娘子未必不一边落泪一边嚼着。

养　花

　　我爱花，所以也爱养花。我可还没成为养花专家，因为没有工夫去做研究与试验。我只把养花当作生活中的一种乐趣，花开得大小好坏都不计较，只要开花，我就高兴。在我的小院中，到夏天，满是花草，小猫儿们只好上房去玩耍，地上没有它们的运动场。

　　花虽多，但无奇花异草。珍贵的花草不易养活，看着一棵好花生病欲死是件难过的事。我不愿时时落泪。北京的气候，对养花来说，不算很好。冬天冷，春天多风，夏天不是干旱就是大雨倾盆；秋天最好，可是忽然会闹霜冻。在这种气候里，想把南方的好花养活，我还没有那么大的本事。因此，我只养些好种易活、自己会奋斗的花草。

不过，尽管花草自己会奋斗，我若置之不理，任其自生自灭，它们多数还是会死了的。我得天天照管它们，像好朋友似的关切它们。一来二去，我摸着一些门道：有的喜阴，就别放在太阳地里；有的喜干，就别多浇水。这是个乐趣，摸住门道，花草养活了，而且三年五载老活着、开花，多么有意思呀！不是乱吹，这就是知识呀！多得些知识，一定不是坏事。

我不是有腿病吗，不但不利于行，也不利于久坐。我不知道花草们受我的照顾，感谢我不感谢；我可得感谢它们。在我工作的时候，我总是写了几十个字，就到院中去看看，浇浇这棵，搬搬那盆，然后回到屋中再写一点，然后再出去，如此循环，把脑力劳动与体力劳动结合到一起，有益身心，胜于吃药。要是赶上狂风暴雨或天气突变哪，就得全家动员，抢救花草，十分紧张。几百盆花，都要很快地抢到屋里去，使人腰酸腿疼，热汗直流。第二天，天

气好转，又得把花儿都搬出去，就又一次腰酸腿疼，热汗直流。可是，这多么有意思呀！不劳动，连棵花儿也养不活，这难道不是真理么？

送牛奶的同志，进门就夸"好香"！这使我们全家都感到骄傲。赶到昙花开放的时候，约几位朋友来看看，更有秉烛夜游的神气——昙花总在夜里放蕊。花儿分根了，一棵分为数棵，就赠给朋友们一些；看着友人拿走自己的劳动果实，心里自然特别喜欢。

当然，也有伤心的时候，今年夏天就有这么一回。三百株菊秧还在地上（没到移入盆中的时候），下了暴雨。邻家的墙倒了下来，菊秧被砸死者约三十多种，一百多棵！全家都几天没有笑容！

有喜有忧，有笑有泪，有花有实，有香有色，既须劳动，又长见识，这就是养花的乐趣。

趵突泉的欣赏

非正式的公园

　　济南的公园似乎没有引动我描写它的力量，居然我还想写那么一两句；现在我要写的地方，虽不是公园，可是确比公园强得多，所以——非正式的公园；关于那正式的公园，只好，虽然还想写那么一两句，待之将来。

　　这个地方便是齐鲁大学，专从风景上看。齐大在济南的南关外，空气自然比城里的新鲜，这已得到成个公园的最要条件。花木多，又有了成个公园的资格。确是有许多人到那里玩，意思是拿它当作——非正式的公园。

　　逛这个非正式的公园以夏天为最好。春天花多，秋天树叶美，但是只在夏天才有"景"，冬天没有什么特色。

当夏天，进了校门便看见一座绿楼，楼前一大片绿草地，楼的四围全是绿树，绿树的尖上浮着一两个山峰，因为绿树太密了，所以看不见树后的房子与山腰，使你猜不到绿荫后边还有什么；深密伟大，你不由得深吸一口气。绿楼？真的，"爬山虎"的深绿肥大的叶一层一层地把楼盖满，只露着几个白边的窗户；每阵小风，使那层层的绿叶掀动，横着竖着都动得有规律，一片竖立的绿浪。

往里走吧，沿着草地——草地边上不少的小蓝花呢——到了那绿荫深处。这里都是枫树，树下四条洁白的石凳，围着一片花池。花池里虽没有珍花异草，可是也有可观；况且往北有一条花径，全是小红玫瑰。花径的北端有两大片洋葵，深绿叶，浅红花；这两片花的后面又有一座楼，门前的白石阶栏像享受这片鲜花的神龛。楼的高处，从绿槐的密叶的间隙里看到，有一个大时辰钟。

往东西看，西边是一进校门便看见的那座

楼的侧面与后面，与这座楼平行，花池东边还有一座；这两座楼的侧面山墙，也都是绿的。花径的南端是白石的礼堂，堂前开满了百日红，壁上也被绿蔓爬匀。那两座楼后，两大片草地，平坦，深绿，像张绿毯。这两块草地的南端，又有两座楼，四周围蔷薇做成短墙。设若你坐在石凳上，无论往哪边看，视线所及不是红花，便是绿叶；就是往上下看吧：下面是绿草，红花，与树影；上面是绿枫树叶。往平里看，有时从树隙花间看见女郎的一两把小白伞，有时看见男人的白大衫。伞上衫上时时落上些绿的叶影。人不多，因为放暑假了。

拐过礼堂，你看见南面的群山，绿的。山前的田，绿的。一个绿海，山是那些高的绿浪。

礼堂的左右，东西两条绿径，树荫很密，几乎见不着阳光。顺着这绿径走，不论是往西往东，你看见些小的楼房，每处有个小花园。□□□的。

春天的花多□特别是丁香和玫瑰，但是绿得不到家。秋天的□叶美，可是草变黄了。冬天树叶落净,在园中便看见了山的大部分,又欠深远的意味。只有夏天,一切颜色消沉在绿的中间,由地上一直绿到树上浮着的绿山峰,成为以绿为主色的一景。

趵突泉的欣赏

千佛山、大明湖和趵突泉，是济南的三大
名胜。现在单讲趵突泉。

在西门外的桥上，便看见一溪活水，清浅，
鲜洁，由南向北地流着。这就是由趵突泉流出
来的。设若没有这泉，济南定会丢失了一半的
美。但是泉的所在地并不是我们理想中的一个
美景。这又是个中国人的征服自然的办法，那
就是说，凡是自然的恩赐交到中国人手里就会
把它弄得丑陋不堪。这些地方非得

南门外是一片喊声，几阵臭气，从卖大碗面条
与肉包子的棚子里出来。进了门有个小院，差
不多是四方的。这里，"一毛钱四块！"和"两

毛钱一双！"的喊声，与外面的"吃来"联成一片。一座假山，奇丑；穿过山洞，接连不断的棚子与地摊，东洋布、东洋瓷、东洋玩具、东洋……加劲地表示着中国人怎样热烈地"不"抵制劣货。这里很不易走过去，乡下人一群跟着一群地来，把路塞住。他们没有例外地全买一件东西还三次价，走开又回来摸索四五次。小脚妇女更了不得，你往左躲，她往左扭；你往右躲，她往右扭，反正不许你痛快地过去。

到了池边，北岸上一座神殿，南西东三面全是唱鼓书的茶棚，唱的多半是梨花大鼓，一声"哟"要拉长几分钟，猛听颇像产科医院的病室。除了茶棚还是日货摊子，说点别的吧！

水太好了。泉池差不多见方，三个泉口偏西，北边便是条小溪流向西门去。看那三个大泉，一年四季，昼夜不停，老那么翻滚。你立定呆呆地看三分钟，你便觉出自然的伟大，使你不敢再正眼去看。永远那么纯洁，永远那么活泼，永远那么鲜明，冒，冒，冒，永不疲乏，

永不退缩，只是自然有这样的力量！冬天更好，泉上起了一片热气，白而轻软，在深绿的长的水藻上飘荡着，使你不由得想起一种似乎神秘的境界。

池边还有小泉呢：有的像大鱼吐水，极轻快地上来一串小泡；有的像一串明珠，走到中途又歪下去，真像一串珍珠在水里斜放着；有的半天才上来一个泡，大，扁一点，慢慢地、有姿态地，摇动上来，碎了。看，又来了一个！有的好几串小碎珠一齐挤上来，像一朵攒整齐的珠花，雪白。有的……这比那大泉还更有味。

新近为增加河水的水量，又下了六根铁管，做成六个泉眼，水流得也很旺，但是我还是爱那原来的三个。

看完了泉，再往北走，经过一些货摊，便出了北门。

前年冬天一把大火把泉池南边的棚子都烧了。有机会改造了！造成一个公园，各处安着喷水管！东边做个游泳池！有许多人这样地盼望。可是，席棚又搭好了，渐次改成了木板棚；

乡下人只知道趵突泉，把摊子移到"商场"去（就离趵突泉几步）买卖就受损失了；于是"商场"四大皆空，还叫趵突泉作日货销售场；也许有道理。

春 风

    济南与青岛是多么不相同的地方呢！一个设若比作穿肥袖马褂的老先生，那一个便应当是摩登的少女。可是这两处不无相似之点。拿气候说吧，济南的夏天可以热死人，而青岛是有名的避暑所在；冬天，济南也比青岛冷。但是，两地的春秋颇有点相同。济南到春天多风，青岛也是这样；济南的秋天是长而晴美，青岛亦然。

    对于秋天，我不知应爱哪里的：济南的秋是在山上，青岛的是海边。济南是抱在小山里的；到了秋天，小山上的草色在黄绿之间，松是绿的，别的树叶差不多都是红与黄的。就是那没树木的山上，也增多了颜色——日影、草色、石层，三者能配合出种种的条纹，种种的影色。配上那光暖的蓝空，我觉到一种舒适安全，只想在山坡上似睡非睡地躺着，躺到永远。青岛的山——虽然怪秀美——不能与海相抗，秋海的波还是春样的绿，可是被清凉的蓝空给开拓出老远，平日看不见的小岛清楚地点在帆外。这远到天边的绿水使我不愿思想而不得不思想；一种无目的的思虑，要思虑而心中反倒空虚了些。济南的秋给我安全之感，青岛的秋引起我甜美的悲哀。我不知应当爱哪个。

两地的春可都被风给吹毁了。所谓春风，似乎应当温柔，轻吻着柳枝，微微吹皱了水面，偷偷地传送花香，同情地轻轻掀起禽鸟的羽毛。所闹与青岛的……上粗猛。济南的风每每在丁香海棠开花的时候把天刮黄，什么也看不见，连花都埋在黄暗中；青岛的风少一些沙土，可是狡猾，在已很暖的时节忽然来一阵或一天的冷风，把一切都送回冬天去，棉衣不敢脱，花儿不敢开，海边翻着愁浪。

两地的风都有时候整天整夜地刮。春夜的

微风送来雁叫，使人似乎多些希望。整夜的大风，门响窗户动，使人不英雄地把头埋在被子里；即使无害，也似乎不应该如此。对于我，特别觉得难堪。我生在北方，听惯了风，可也最怕风。听是听惯了，因为听惯才知道那个难受劲儿。它老使我坐卧不安，心中游游摸摸的，干什么不好，不干什么也不好。它常常打断我的希望：听见风响，我懒得出门，觉得寒冷，心中渺茫。春天仿佛应当有生气，应当有花草，这样的野风几乎是不可原谅的！我倒不是个弱不禁风的人，虽然身体不很足壮。我能受苦，只是受不住风。别种的苦处，多少是在一个地方，多少有个原因，多少可以设法减除；对风是干没办法。总不在一个地方，到处随时使我的脑子晃动，像怒海上的船。它使我说不出为什么苦痛，而且没法子避免。它自由地刮，我死受着苦。我不能和风去讲理或吵架。单单在春天刮这样的风！可是跟谁讲理去呢？苏杭的春天应当没有这不得人心的风吧？我不准知道，而希望如此，好有个地方去"避风"呀！

五月的青岛

　　因为青岛的节气晚，所以樱花照例是在四月下旬才能盛开。樱花一开，青岛的风雾也挡不住草木的生长了。海棠，丁香，桃，梨，苹果，藤萝，杜鹃，都争着开放，墙角路边也都有了嫩绿的叶儿。五月的岛上，到处花香，一清早便叫你闻见花声。公园里自然无须说了，小蝴蝶花与桂竹香们都在绿草地上用它们的娇艳的颜色结成十字，或绣成几团；那短短的绿树篱上也开着一层白花，似绿枝上挂了一层春雪。就是路上两旁的人家也少不得有些花草：围墙既矮，藤萝往往顺着墙把花穗儿悬在院外，散出一街的香气；那双樱，丁香，都能在墙外看到，双樱的明艳与丁香的素丽，真是足以使人眼明神爽。

山上有了绿色，嫩绿，所以把松柏们比得发黑了一些。谷中不但填满了绿色，而且颇有些野花，有一种似紫荆而色儿略略发蓝的，折来很好插瓶。

青岛的人怎能忘下海呢。不过，说也奇怪，五月的海就仿佛特别的绿，特别的可爱，也许是因为人们心里痛快吧？看一眼路旁的绿叶，再看一眼海，真的，这才明白了什么叫作"春深似海"。绿，鲜绿，浅绿，深绿，黄绿，灰绿，各种的绿色，联接着，交错着，变化着，波动着，一直绿到天边，绿到山脚，绿到渔帆的外边去。风不凉，浪不高，船缓缓地走，燕低低地飞，街上的花香与海上的咸味混到一处，浪漾在空中。水在面前，而绿意无限，可不是，春深似海！欢喜，要狂歌，要跳入水中去，可是只能默默无言，心好像飞到天边上那将将能看到的小岛上去，一闭眼仿佛还看见一些桃花。人面桃花相映红，必定是在那小岛上。

这时候，遇上风与雾便还须穿上棉衣，可是有一天忽然响晴，夹衣就正合适。但无论怎说吧，人们反正都放了心——不会大冷了，不会。妇女们最先知道这个，早早地就穿出利落的新装，而且决定不再脱下去。海岸上，微风吹动少女们的发与衣，何必再去到电影院中找那有画意的景儿呢！这里是初春浅夏的合响，风里带着春寒，而花草山水又似初夏，意在春而景如夏。姑娘们总先走一步，迎上前去，跟花们竞争一下，女性的伟大几乎不是颓废诗人所能明白的。

人似乎随着花草都复活了，学生们特别的忙：换制服，开运动会，到崂山丹山旅行，服劳役。本地的学生忙，别处的学生也来参观，几个，几十，几百，打着旗子来了，又成着队走开，男的，女的，先生，学生，都累得满头是汗，而仍不住地向那大海丢眼。学生以外，该数小孩最快活，笨重的衣服脱去，可以到公园跑跑了；一冬天不见猴子了，现在又带着花生去喂猴子，看鹿；拾花瓣，在草地上打滚；

妈妈说了，过几天还有大红樱桃吃呢！

马车都新油饰过，马虽依然清瘦，而车辆体面了许多，好做一夏天的买卖呀。新油过的马车穿过街心，那专做夏天的生意的咖啡馆、酒馆、旅社、饮冰室，也找来油漆匠，扫去灰尘，油饰一新。油漆匠在交手上忙，路旁也增多了由各处来的舞女。预备呀，忙碌呀，都红着眼等着那避暑的外国战舰与各处的阔人。多咱浴场上有了人影与小艇，生意便比花草还茂盛呀。到那时候，青岛几乎不属于青岛的人了，谁的钱多谁更威风，汽车的眼是不会看山水的。

那么，且让我们自己尽量地欣赏五月的青岛吧！

吃莲花的

今年我种了两盆白莲。盆是由北平搜寻来的，里外包着绿苔，至少有五六十岁。泥是由黄河拉来的。水用趵突泉的。只是藕差点事，吃剩下来的菜藕。好盆好泥好水敢情有妙用，菜藕也不好意思了，长吧，开花吧，不然太对不起人！居然，拔了梗，放了叶，而且开了花。一盆里七八朵，白的！只有两朵，瓣尖上有点红，我细细地用檀香粉给涂了涂，于是全白。作诗吧，除了作诗还有什么办法？专说"亭亭玉立"这四个字就被我用了七十五次，请想我作了多少首诗吧！

这且不提。好几天了，天天门口卖菜的带

着几把儿白莲。最初，我心里很难过。好好的莲花和茄子冬瓜放在一块，真！继而一想，若有所悟。啊，济南名士多，不能自己"种"莲，还不"买"些用古瓶清水养起来，放在书斋？是的，一定是这样。

这且不提。友人约游大明湖。"去买点莲花来！"他说。"何必去买，我的两盆还不可观？"我有点不痛快，心里说："我自种的难道比不上湖里的？真！"况且，天这么热，游湖更受罪，不如在家里，煮点毛豆角，喝点莲花白，作两首诗，以自种白莲为题，岂不雅妙？友人看着那两盆花，点了点头。我心里不用提多么痛快了；友人也很雅哟！除了作新诗向来不肯用这"哟"，可是此刻非用不可了！我忙着吩咐家中煮毛豆角，看看能买到鲜核桃不。然后到书房去找我的诗稿。友人静立花前，欣赏着哟！

这且不提。及至我从书房回来一看，盆中的花全在友人手里握着呢，只剩下两朵快要开败的还在原地未动。我似乎忽然中了暑，天旋地转，说不出话。友人可是很高兴。他说："这几朵也对付了，不必到湖中买去了。其实门口卖菜的也有，不过没有湖上的新鲜便宜。你这些不很嫩了，还能对付。"他一边说着，一边奔了厨房。"老田，"他叫着我的总管事兼厨子，"把这用好香油炸炸。外边的老瓣不要，炸里边那嫩的。"老田是我由北平请来的，和我一样不懂济南的典故，他以为香油炸莲瓣是什么偏方呢。"这治什么病，烫伤？"他问。友人笑了。"治烫伤？吃！美极了！没看见菜挑子上一把一把儿地卖吗？"

这且不提。还提什么呢，诗稿全烧了，所以不能附录在这里。

贺 年

　　劳动是最有滋味的事。肯劳动，连过新年都更有滋味，更多乐趣。

　　记得当初我还是个孩子的时候，家里很穷，所以母亲在一入冬季就必积极劳动，给人家浆洗大堆大堆的衣服，或代人赶做新大衫等，以便挣到一些钱，作过年之用。

　　姐姐和我也不能闲着。她帮助母亲洗、做；我在一旁打下手儿——递烙铁、添火、送热水与凉水等等。我也兼管喂狗、扫地，和给灶王爷上香。我必须这么做，以便母亲和姐姐多赶出点活计来，增加收入，好在除夕与元旦吃得上包饺子！

快到年底，活计都交出去，我们就忙着筹备过年。我们的收入有限，当然不能过个肥年。可是，我们也有非办不可的事：灶王龛上总得贴上新对联，屋子总得大扫除一次，破桌子上已经不齐全的铜活总得擦亮，猪肉与白菜什么的也总得多少买一些。由大户人家看来，我们的这点筹办工作的确简单得可怜。我们自己却非常兴奋。

我们当然兴奋。首先是我们过年的那一点费用是用我们自己的劳动换来的，来得硬挣。每逢我向母亲报告：当铺刘家宰了两口大猪，或放债的孙家请来三堂供佛的、像些小塔似的头号"蜜供"，母亲总会说："咱们的饺子里菜多肉少，可是最好吃！"当时，我不大明白为什么菜多肉少的饺子反倒最好吃；在今天想起来，才体会到母亲的话里确有很高的思想性。是呀，第一我们的饺子不是由开当铺或放高利贷得来的，第二我们的饺子是亲手包的，亲手煮的，怎能不最好吃呢？刘家和孙家的饺子必是油多肉满，非常可口，但是我们的饺子会使我们的胃里和心里一齐舒服。

劳动使我们穷人骨头硬，有自信心。回忆起来，在那黑暗的岁月里，我们一家子怎么闯过了一关又一关，终于挣扎过来，得到解放，实在不能不感谢共产党，也不能不提到母亲的热爱劳动。她不懂得革命，可是她使儿女们相信：只要手脚不闲着，便不会走到绝路，而且会走得噔噔地响。

虽然母亲也迷信，天天给灶王上三炷香，可是赶到实在没钱请香的时节，她会告诉灶王：对不起，今天饿一顿，明天我挣来钱再补上吧！是的，她自信能够挣来钱，使神仙不至于长期挨饿。我看哪，神佛似乎倒应当向她致谢、致敬！

我也体会到：劳动会使我们心思细腻。任何工作都不是马马虎虎就能做好的。马马虎虎，必须另做一回，倒不如一下手就仔仔细细，做得妥妥帖帖。劳动与取巧是结合不到一处的。要不怎么劳动能改变人的气质呢。

说起来有点奇怪，回忆往事，特别是幼年

与少年时代的事，也不知怎么就觉得分外甜美。事实上，我在幼年与少年遇到的那些事，多半是既不甜，也不美的。恐怕是因为年少单纯，把当时的事情能够记得特别深刻、清楚，所以到后来每一回想就觉得滋味深长，又甜又美。若是果然如此，我们便应警惕：是否我们太善于恋旧，因而容易保守呢？沉醉于过去，就会不看今天的进步事实，更不看明天的美丽远景，一来二去，没法不作出"今不如昔"的结论而感慨系之。这可就非常危险！保守落后的人就是阻碍社会向前发展的人！

不过，咱们开头就说的是劳动最有滋味。是的，假若幼年与少年时代过的是勤苦生活，回忆起来就不能不果然甜美了。小时候养成的好习惯，必然直到如今还继续发生作用，怎能不美呢！到今天，我还天天自己收拾屋子，不肯叫别人插手。这点轻微的劳动本算不了什么大事，值不得夸口。可是，它的作用并不限于使屋里干净，瓶子罐子都有一定的位置。它还给我的写作生活一些好的影响。我天天必擦抹桌子，也必拿笔写点什么。劳动不同，劲儿可是一样，不干点什么，心里就不舒服。擦桌子要擦得干干净净，写稿子也要写得清清楚楚，劲儿又是一样。不这样心里就不安。不管怎么说，这都是好习惯。古语说：业精于勤。据我看，光勤于用脑力而总不用体力，业也许不见得能精；两样都用，心身并健，一定更有好处。

欣逢新岁，想起当年，觉得劳动滋味的确甜美，而且享受不尽。因而也就想到今天有多少干部与多少作家都正在山上或乡下，和农民们在一处过年。这真是可喜的事，令我羡慕。我敢断言：您们和农家的父老兄弟们在一处包饺子过年，一定吃得最香甜，胃里和心里一齐都舒服。这点生活经验，我相信，将永远成为您们记忆中的最甜美的部分，而且热爱劳动的习惯一旦养成，即能终身享受不尽。尝到劳动滋味的人有福了，因为社会主义的幸福是您们的！谨向您们致贺，向一切劳动人民致敬，并祝

新年之禧！

北京的春节

按照北京的老规矩，过农历的新年（春节），差不多在腊月的初旬就开头了。"腊七腊八，冻死寒鸦"，这是一年里最冷的时候。可是，到了严冬，不久便是春天，所以人们并不因为寒冷而减少过年与迎春的热情。在腊八那天，人家里、寺观里，都熬腊八粥。这种特制的粥是祭祖祭神的，可是细一想，它倒是农业社会的一种自傲的表现——这种粥是用所有的各种的米，各种的豆，与各种的干果（杏仁、核桃仁、瓜子、荔枝肉、莲子、花生米、葡萄干、菱角米……）熬成的。这不是粥，而是小型的农业展览会。

腊八这天还要泡腊八蒜。把蒜瓣在这天放到高醋里，封起来，为过年吃饺子用的。到年底，蒜泡得色如翡翠，而醋也有了些辣味，色味双美，使人要多吃几个饺子。在北京，过年时，家家吃饺子。

　　从腊八起，铺户中就加紧地上年货，街上加多了货摊子——卖春联的、卖年画的、卖蜜供的、卖水仙花的等等都是只在这一季节才会出现的。这些赶年的摊子都教儿童们的心跳得特别快一些。在胡同里，吆喝的声音也比平时更多更复杂起来，其中也有仅在腊月才出现的，像卖宪书的、松枝的、薏仁米的、年糕的等等。

　　在有皇帝的时候，学童们到腊月十九日就不上学了，放年假一月。儿童们准备过年，差不多第一件事是买杂拌儿。这是用各种干果（花生、胶枣、榛子、栗子等）与蜜饯搅和成的，普通的带皮，高级的没有皮——例如普通的用带皮的榛子，高级的用榛瓤儿。儿童们喜吃这些零七八碎儿，即使没有饺子吃，也必须买杂拌儿。他们的第二件大事是买爆竹，特别是男孩子们。恐怕第三件事才是买玩意儿——风筝、空竹、口琴等——和年画儿。

儿童们忙乱，大人们也紧张。他们须预备过年吃的使的喝的一切。他们也必须给儿童赶快做新鞋新衣，好在新年时显出万象更新的气象。

二十三日过小年，差不多就是过新年的"彩排"。在旧社会里，这天晚上家家祭灶王，从一擦黑儿鞭炮就响起来，随着炮声把灶王的纸像焚化，美其名叫送灶王上天。在前几天，街上就有多少多少卖麦芽糖与江米糖的，糖形或为长方块或为大小瓜形。按旧日的说法：用糖粘住灶王的嘴，他到了天上就不会向玉皇报告家庭中的坏事了。现在，还有卖糖的，但是只由大家享用，并不再粘灶王的嘴了。

过了二十三，大家就更忙起来，新年眨眼就到了啊。在除夕以前，家家必须把春联贴好，必须大扫除一次，名曰扫房。必须把肉、鸡、鱼、青菜、年糕什么的都预备充足，至少足够吃用一个星期的——按老习惯，铺户多数关五天门，到正月初六才开张。假若不预备下几天的吃食，临时不容易补充。还有，旧社会里的老妈妈论，讲究在除夕把一切该切出来的东西都切出来，省得在正月初一到初五再动刀，动刀剪是不吉利的。这含有迷信的意思，不过它也表现了我们确是爱和平的人，在一岁之首连切菜刀都不愿动一动。

除夕真热闹。家家赶做年菜，到处是酒肉的香味。老少男女都穿起新衣，门外贴好红红的对联，屋里贴好各色的年画，哪一家都灯火通宵，不许间断，炮声日夜不绝。在外边做事的人，除非万不得已，必定赶回家来，吃团圆饭，祭祖。这一夜，除了很小的孩子，没有什么人睡觉，而都要守岁。

元旦的光景与除夕截然不同：除夕，街上挤满了人；元旦，铺户都上着板子，门前堆着昨夜燃放的爆竹纸皮，全城都在休息。

男人们在午前就出动，到亲戚家、朋友家去拜年。女人们在家中接待客人。同时，城内城外有许多寺院开放，任人游览，小贩们在庙外摆摊，卖茶、食品和各种玩具。北城外的大钟寺、西城外的白云观、南城的火神庙（厂甸）是最有名的。可是，开庙最初的两三天，并不十分热闹，因为人们还正忙着彼此贺年，无暇及此。到了初五六，庙会开始风光起来，小孩们特别热心去逛，为的是到城外看看野景，可以骑毛驴，还能买到那些新年特有的玩具。白云观外的广场上有赛轿车赛马的；在老年间，据说还有赛骆驼的。这些比赛并不争取谁第一谁第二，而是在观众面前表演骡马与骑者的美好姿态与技能。

多数的铺户在初六开张，又放鞭炮，从天亮到清早，全城的炮声不绝。虽然开了张，可是除了卖吃食与其他重要日用品的铺子，大家并不很忙，铺中的伙计们还可以轮流着去逛庙、逛天桥和听戏。

元宵（汤圆）上市，新年的高潮到了——元宵节（从正月十三到十七）。除夕是热闹的，可是没有月光；元宵节呢，恰好是明月当空。元旦是体面的，家家门前贴着鲜红的春联，人们穿着新衣裳，可是它还不够美。元宵节，处处悬灯结彩，整条的大街像是办喜事，火炽而美丽。有名的老铺都要挂出几百盏灯来，有的一律是玻璃的，有的清一色是牛角的，有的都是纱灯；有的各形各色，有的通通彩绘全部《红楼梦》或《水浒传》故事。这，在当年，也就是一种广告；灯一悬起，任何人都可以进到铺中参观；晚间灯中都点上烛，观者就更多。这广告可不庸俗。干果店在灯节还要做一批杂拌儿生意，所以每每别出心裁地，制成各样的冰灯，或用麦苗做成一两条碧绿的长龙，把顾客招来。

除了悬灯，广场上还放花盒。在城隍庙里并且燃起火判，火舌由判官的泥像的口、耳、鼻、眼中伸吐出来。公园里放起天灯，像巨星似的飞到天空。

男男女女都出来踏月、看灯、看焰火；街上的人拥挤不动。在旧社会里，女人们轻易不出门，她们可以在灯节里得到些自由。

小孩子们买各种花炮燃放，即使不跑到街

上去淘气，在家中照样能有声有光地玩耍。家中也有灯：走马灯——原始的电影——宫灯、各形各色的纸灯，还有纱灯，里面有小铃，到时候就叮叮地响。大家还必须吃汤圆呀。这的确是美好快乐的日子。

一眨眼，到了残灯末庙，学生该去上学，大人又去照常做事，新年在正月十九结束了。腊月和正月，在农村社会里正是大家最闲在的时候，而猪牛羊等也正长成，所以大家要杀猪宰羊，酬劳一年的辛苦。过了灯节，天气转暖，大家就又去忙着干活了。北京虽是城市，可是它也跟着农村社会一齐过年，而且过得分外热闹。

在旧社会里，过年是与迷信分不开的。腊八粥、关东糖、除夕的饺子，都须先去供佛，而后人们再享用。除夕要接神；大年初二要祭财神，吃元宝汤（馄饨），而且有的人要到财神庙去借纸元宝，抢烧头股香。正月初八要给老人们顺星、祈寿。因此那时候最大的一笔浪费是买香蜡纸马的钱。现在，大家都不迷信了，也就省下这笔开销，用到有用的地方去。特别值得提到的是现在的儿童只快活地过年，而不受那迷信的熏染，他们只有快乐，而没有恐惧——怕神怕鬼。也许，现在过年没有以前那么热闹了，可是多么清醒健康呢。以前，人们过年是托神鬼的庇佑，现在是大家劳动终岁，大家也应当快乐地过节。

抬头见喜

　　对于时节，我向来不特别地注意。拿清明说吧，上坟烧纸不必非我去不可，又搭着不常住在家乡，所以每逢看见柳枝发青便晓得快到了清明，或者是已经过去。对重阳也是这样，生平没在九月九登过高，于是重阳和清明一样的没有多大作用。

　　端阳、中秋、新年，三个大节可不能这么马虎过去。即使我故意躲着它们，账条是不会忘记了我的。也奇怪，一个无名之辈，到了三节会有许多人惦记着，不但来信、送账条，而且要找上门来！

　　设若故意躲着借款、着急、设计自杀等等，

而专讲三节的热闹有趣那一面儿，我似乎是最喜爱中秋。"似乎"，因为我实在不敢说准了。幼年时，中秋是个很可喜的节，要不然我怎么还记得清清楚楚那些"兔儿爷"的样子呢？有"兔儿爷"玩，这个节必是过得十二分有劲。可是从另一方面说，至少有三次喝醉是在中秋，酒入愁肠呀！所以说"似乎"最喜爱中秋。

事真凑巧，这三次"非杨贵妃式"的醉酒我还都记得很清楚。那么，就说上一说呀。第一次是在北平，我正住在翊教寺一家公寓里。好友卢嵩庵从柳泉居运来一坛子"竹叶青"，又约来两位朋友——内中有一位是不会喝的——大家就抄起茶碗来。坛子虽大，架不住茶碗一个劲进攻；月亮还没上来，坛子已空。干什么去呢？打牌玩吧。各拿出铜元百枚，约合大洋七角多，因这是古时候的事了。第一把牌将立起来，不晓得——至今还不晓得——我怎么上了床。牌必是没打成，因为我一睁眼已经红日东升了。

第二次是在天津，和朱荫棠在同福楼吃饭，

各饮绿茵陈二两。吃完饭，到一家茶肆去品茗。我朝窗坐着，看见了一轮明月，我就吐了。这回绝不是酒的作用，毛病是在月亮。

第三次是在伦敦。那里的秋月是什么样子，我说不上来——也许根本没有月亮其物。中国工人俱乐部里有多人凑热闹，我和沈刚伯也去喝酒。我们俩喝了两瓶葡萄酒。酒是用葡萄还是葡萄叶儿酿的，不可得而知，反正价钱很便宜；我们俩自古至今总没做过财主。喝完，各自回寓所。一上公众汽车，我的脚忽然长了眼睛，专找别人的脚尖去踩。这回可不是月亮的毛病。

对于中秋，大致如此——无论如何也不能说它坏。就此打住。

至若端阳，似乎可有可无。粽子，不爱吃。城隍爷现在也不出巡；即使再出巡，大概也没有跟随着走几里路的兴趣。樱桃真是好东西，可惜被黑白桑葚给带累坏了。

新年最热闹，也最没劲，我对它老是冷淡的。自从一记事儿起，家中就似乎很穷。爆竹总是听别人放，我们自己是静寂无哗。记得最真的是家中一张《王羲之换鹅》图。每逢除夕，母亲必把它从个神秘的地方找出来，挂在堂屋里。姑母就给说那个故事；到如今还不十分明白这故事到底有什么意思，只觉得"王羲之"三个字倒很响亮好听。后来入学，读了《兰亭序》，我告诉先生，王羲之是在我的家里。

长大了些，记得有一年的除夕，大概是光绪三十年前的一二年，母亲在院中接神，雪已下了一尺多厚。高香烧起，雪片由漆黑的空中落下，落到火光的圈里，非常的白，紧接着飞到火苗的附近，舞出些金光，即行消灭；先下来的灭了，上面又紧跟着下来许多，像一把"太平花"倒放。我还记着这个。我也的确感觉到，那年的神仙一定是真由天上回到世间。

中学的时期是最忧郁的，四五个新年中只记得一个，最凄凉的一个。那是头一次改用阳历，旧历的除夕必须回学校去，不准请假。姑母刚死两个多月，她和我们同住了三十年的样子。她有时候很厉害，但大体上说，她很爱我。

哥哥当差，不能回来。家中只剩母亲一人。我在四点多钟回到家中，母亲并没有把"王羲之"找出来。吃过晚饭，我不能不告诉母亲了——我还得回校。她愣了半天，没说什么。我慢慢地走出去，她跟着走到街门。摸着袋中的几个铜子，我不知道走了多少时候，才走到学校。路上必是很热闹，可是我并没看见，我似乎失了感觉。到了学校，学监先生正在学监室门口站着。他先问我："回来了?"我行了个礼。他点了点头，笑着叫了我一声："你还回去吧。"这一笑，永远印在我心中。假如我将来死后能入天堂，我必把这一笑带给上帝去看。

我好像没走就又到了家，母亲正对着一支红烛坐着呢。她的泪不轻易落，她又慈善又刚强。见我回来了，她脸上有了笑容，拿出一个细草纸包儿来："给你买的杂拌儿，刚才一忙，也忘了给你。"母子好像有千言万语，只是没精神说。早早地就睡了。母亲也没精神。

中学毕业以后，新年，除了为还债着急，似乎已和我不发生关系。我在哪里，除夕便由我照管着哪里。别人都回家去过年，我老是早早关上门，在床上听着爆竹响。平日我也好吃个嘴儿，到了新年反倒想不起弄点什么吃，连酒不喝。在爆竹稍静了些的时节，我老看见些过去的苦境。可是我既不落泪，也不狂歌，我只静静地躺着。躺着躺着，多咱烛光在壁上幻出一个"抬头见喜"，那就快睡去了。

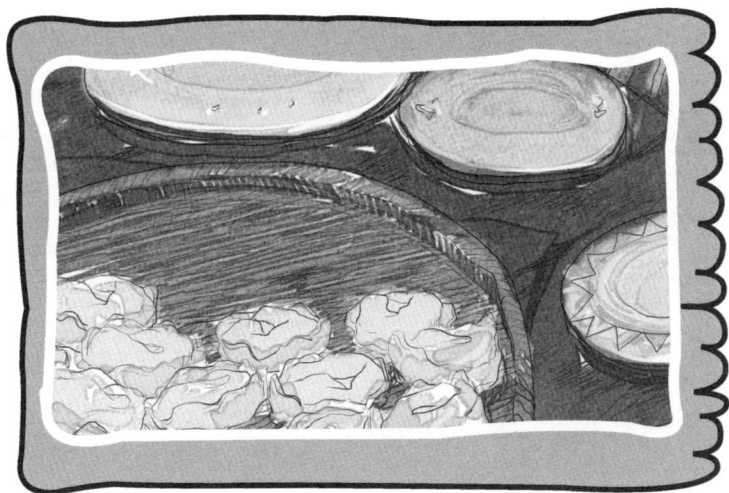

小木头人

小木头人

按理说，小布人的弟弟也应该是小布人。噢，这说得还不够清楚。这么说吧：小布人若是"甲"，他的弟弟应该是小布人"乙"。

不过事情真奇怪，小布人的弟弟却是小木头人。他们的妈妈和你我的妈妈一样，可是不知怎的，她一高兴，生了一个小布人，又一高兴，生了个小木头人。

小布人长得很体面，白白胖胖的脸，头上梳着黑亮的一双小辫儿，大眼睛，重眉毛，红红的嘴唇。就有一个缺点，他的鼻子又短又扁。他的身上也很胖。因为胖，所以不怕冷，他终年只穿一件大红布兜肚，没有别的衣服。他很有学问，在三岁的时候，就认识了"一"字，后来他又认识了许多"一"字。不论"一"字写得多么长，多么短，也不论是写在纸上，还是墙上，他总会认得。现在他已入了初中一年级，每逢先生考试"一"字的时候，他总考第一。

小木头人没有他哥哥那么体面。他很瘦很干，全身的肌肉都是枣木的。他打扮得可是挺漂亮：一身木头童子军服，手戴木头手套，足蹬木头鞋子，手中老拿一根木棒。他的头很小很硬，像个流星锤似的。鼻子很尖，眼睛很小，两颗木头眼珠滴溜溜地乱转——所以虽然瘦小枯干，可是很精神。

噢，忘记报告一件重要的事！你或以为小木头人的木头衣服，也像小布人的红兜肚一样，弄脏了便脱下来，求妈妈给他洗一洗吧？那才一点也不对！小木头人的衣服不用肥皂和热水去洗，而用刨子刨。他的衣服一年刨四次，春天一次，夏天一次，秋天一次，冬天一次，一共四次。刨完了，他妈妈给他刷一道漆。春天刷绿的，夏天刷白的，秋天刷黄的，冬天刷黑的，四季四个颜色。他最怕换季，因为上了油漆以后，他至少要有三天须在胸前挂起一个纸条，上写"油漆未干"。假若不是这样，别人万一挨着他，便粘在了一块，半天也分不开。

小布人和小木头人都是好孩子。不过，比较起来嘛，小木头人比小布人要调皮淘气些。小布人差不多没有落过泪，因为把布脸哭湿，还得去烘干，相当的麻烦。因此，他永远不惹妈妈生气，也不和别的孩子打架，省得哭湿了脸。小木头人可就不然了。他非常的勇敢，一点也不怕打架。一来，他的身上硬，不怕打；二来，他若是生气落泪，就更好玩——他的眼泪都是圆圆的小木球，拾起来可以当弹弓的弹子用。

比起他的哥哥来，小木头人简直一点学问也没有，他连一个"一"字也不识！他并非不聪明，可就是不用功。他会搭桥、支帐篷、练操、埋锅造饭，干脆地说吧，凡是童子军会的事情他都会。对于足球、篮球、赛跑、跳高，他也都是头等的好手。他还会游泳，而且能在水里摸上一尺多长的鱼来。可是他就是不喜欢读书，他的木头眼珠有点奇怪，能看见书上画着的小人小狗，而看不见字。入小学已经三年多了，他现在还是一年级的学生。先生一考他，他就转着眼珠说："小人拉着小狗，小人拉着小狗。"为有点变化，他有时候也说："小狗拉着小人。"他永远背不上书来。先生并不肯责打他，因为知道他的眼珠是木头的，怪可怜。况且他做事很热心，又会踢球、赛跑，先生想打他也有点不好意思了。小木头人很感激先生，所以老远看到先生就鞠躬，有时候鞠得度数太大，就跌在地上，把小尖鼻子插在土里，半天也拔不起来。

在家里，妈妈很喜爱小布人，因为他很规矩，老实，爱读书。妈妈也很喜爱小木头人，因为他很会淘气。小木头人的淘气是很有趣的。比方说吧，在没有孩子和他玩耍的时候，他会独自想法儿玩得很热闹。什么到井台上去汲水呀，把妈妈的大水缸都倒满。什么用扫帚把屋子院子都收拾得干干净净呀，好叫检查清洁的巡警给门外贴上"最整洁"的条子。什么晚上蹲在墙根，等着捉偷吃小鸡的黄狼子呀——要是不捉到黄狼子呢，起码捉来两三个蟋蟀，放在小布人被子里，吓得小布人乱叫。

这些有趣的玩耍都使妈妈相当的满意。不过，他也有时候招妈妈生气。例如，把水缸倒满，他就跳下去练习游泳，或是扫除庭院的时候，顺手把妈妈辛辛苦苦种的花草也都拔了去，妈妈就不能不生气了。特别是在晚上，他最容易招妈妈动怒。原来，小木头人是和小布人同睡一张床的。在夏天，小布人因为身上很胖，最怕蚊子，所以非放下帐子来不可。小木人呢，一点也不怕蚊子，他愿意推开帐子，把蚊子诱来，好把蚊子的尖嘴碰得生疼。可是，蚊子也不傻呀。它们看见小木人就赶紧躲开。尽管小木人很客气地叫："蚊子先生，请来咬我的腿吧！"它们一点也不上当。嗡嗡地，它们彼此打招呼，一齐找了小布人去，把小布人叮得没办法，只好喊妈妈。妈妈很怕小布人教蚊子咬了，又打摆子。小布人一打摆子就很厉害，妈妈非给他包奎宁①馅的饺子吃不可，多么麻烦，又多么贵呀！你看，妈妈能不生小木头人的气吗？

冬天虽然没有蚊子，可是他们弟兄的床上还是不十分太平。小布人睡觉很老实，连梦话也不说一句。小木头人就不然了，睡觉和练操一样：一会儿"啪"，把手打在哥哥的胖腿上，一会儿"噗"，把被子蹬个大窟窿，教小布人没法儿好好地睡。小布人急了就只会喊妈妈，妈妈便又生了气。

妈妈尽管生气，可是不能责打小木人，因为他身上太硬。妈妈即使用棍子打他，也只听得啪啪地响，他一点也不觉得疼。这怎么办呢？妈妈可还有主意，要不然还算妈妈吗？不给他饭吃！哎呀，这一下子可把小木人治服了。想想看吧，小木人虽然是木头的，可也得吃饺子呀，炸酱面呀，鸡蛋糕和棒棒糖什么的呀。他还能光喝凉水不成么？所以，一听妈妈说："好

① 俗称金鸡纳霜，可用于防治各种疟疾。

了，明天早上没有你的烧饼吃！"小木人心里就发了慌，赶紧搭讪着说："没有烧饼，光吃油条也行！"及至听见妈妈的回答——"油条也没有"——他就不敢再说一声，乖乖地把胳臂伸得笔直，再也不碰小布人一下。有时候，他急忙地搬到床底下去睡，顺手儿还捉一两个小老鼠给街坊家的老花猫吃。

可是，话又说回来了：小木人虽然淘气，不怕打架，但绝不故意欺侮人。每次打架，虽然他总受妈妈或老师的责备，可是打架的原因绝不是他爱欺侮人。他也许多打了人家两下，或把人家的衣服撕破了一块，但是十之八九，他是为了抱不平。这么说吧，比如他看见一个年岁大一点的同学欺侮一个年岁小的同学，他的眼睛立刻就冒了火。他一点不退缩地和那个大学生死拼。假若有人说他的哥哥、妈妈或先生不好，那就必定有一次剧烈的战争。打完了架，他的小鼻子歪到一边去，身上的油漆划了许多条道子，有时候身上脸上都流出血来（他的血和松香似的，很稠很黏，有点发黄色），直像打完架的狗似的。他是勇敢的。要打就打出个样子来。

更值得述说的是有一次早晨升旗的时候，小木人的旁边的一个烂眼边的孩子没有向国旗好好敬礼。这，惹恼了小木人。他一拳把烂眼边打倒在地上。校长和老师都说他不该打人。可是他们也说小木人是知道尊敬国旗的好孩子。因为打人，校长给小木人记了一过；因为尊敬国旗，校长又给他记一功。

知道尊敬国旗，便是知道爱国。小木人很爱国。所以呢，咱们不再乱七八糟地讲，而要专说小木人爱国的故事了。

小木人的舅舅是小泥人。这位泥人虽然身量很小，可是的的确确是小木人的舅父，所以小木人不能因为舅父的身量小，而叫他作哥哥。况且，小泥人也真够作舅舅的样子，每逢来看亲戚，他必给外甥买来一堆小泥玩意儿——什么小泥狗、小泥马、小泥骆驼，还有泥做的高射炮和坦克车。小木人和小布人哥儿俩，因此，都很喜欢这位舅父。舅父的下巴上还长着些胡须，也很好玩。小木人有时候扯着舅父的胡子在院中跑几个圈，舅父也不恼。小泥人真是一位好舅舅！

不幸啊，你猜怎么着，泥人舅舅死啦！怎么死的？哼，教炸弹给炸碎了！小泥人生来就不结实，近几年来，时常地闹病，因为上了年纪啊。有一天，看天气晴和，他换了一件蓝色的泥棉袍，买了许多的泥玩意儿，来看外甥。哪知道，走到半路，遇上了空袭。他急忙往防空洞跑。他的泥腿向来就跑不了很快，这天又忘了带着手杖。好，他还没跑到防空洞，炸弹就落了下来！炸弹落得离他还有半里地，按说他不应当受伤。可是，他倒在了地上，身上的泥全被震成一块一块的了。

这个不幸的消息传到小木人的家中，妈妈哭得死去活来。小布人把布脸哭得像掉在水里一般。小木人的木头眼泪落了一大筐箩。

啼哭是没有用处的，小木人知道。他也知道，震死泥人舅舅的炸弹是日本人的。他要报仇。他爱他的舅舅，也更爱国家。舅舅既是中国人，哪可以随便地挨日本的炸弹呢？他要给舅舅报仇，为国家雪耻！

小木人十分勇敢。说报仇就去报仇，没有什么可商量的。他急忙去预备枪。子弹不成问题，他有许多木头眼泪呢。枪可不容易找。他听老师说，机关枪最厉害，所以想得一架机关枪。哪里去找呢？这倒真不好办。不过，他把机关枪听成了鸡冠枪，于是他就想啊，把个鸡冠子放在枪上，岂不就成了鸡冠枪么？好啦，就这么办。他找了个公鸡冠子，用绳儿捆在自己的木枪上，再把木头眼泪都放在口袋里，他就准备出发了。

小木人的衣帽本是童子军的样式，现在一手托枪，一手拿着木棍，袋中满装子弹，看起来十分的英武。他不愿教妈妈知道，怕她不许他去当兵。他只告诉了小布人，并且教哥哥起了誓，在他走后三天再禀知母亲。小布人虽然胆子小一点，但也知道当兵是最光荣的事，便连连点头，并且起了誓。他说：

"我若在三天以前走漏了消息，教我的小辫

儿长到鼻子上来！"

他说完，弟兄亲热地握了手，他还给了弟弟一毛钱和一个鸡蛋作盘缠。

小木人离开家门，一气就走了五里地。但他并不觉得劳累，可是他忽然站住了。他暗自思想，往哪里去呢？哪里有日本鬼子呢？正在这样思索，树上的鸟儿——他站住的地方原是有好几株大树的——说了话："北，北，北，咕——"小木人平日是最喜欢和小鸟们谈话的，一闻此言，忙问道：

"你说什么呀？鸟儿哥哥！"

这回四只小鸟一齐说："北，北，北，咕——"

"噢。"小木人想了想才又问，"是不是你们教我向北去呢？"

一群小鸟同声地说："北，北，北，咕——"

小木人笑了："好！多数同意，通过！"说罢，他向小鸟们立正，敬礼，就又往前走了几步。他又转身回来，高声问道："请问，哪边是北呀？"

这一问，把小鸟们都难住了。本来嘛，小

鸟们只管飞上飞下，谁管什么东西南北呢。小木人连问了三四次，并没得到回答，他很着急，小鸟们觉得很惭愧。末了，有一位老鸟，学问很大，告诉了他："北就是北！"

小木人一想，对呀，北方拿前面当作北，后面不是南么？对！他给老鸟道了谢，就又往前走，嘴里嘟囔着："反正前面是北，后面就是南，不会错！"

小木人在头一天走了一百二十里。他的腿真快。这大概不完全因为腿快，也还因为一心去报仇，在路上一点也不贪玩。要不怎么小木人可爱呢，在办正经事的时候，他就好好地去做，绝不贪玩误事。

天黑了。他走到一条小河的岸上。他捧了几捧河内的清水，喝下去。河水是又清，又凉，又甜。喝完，他的肚里咕碌碌地响起来，他觉得十分饥饿。于是，他就坐在一块石头上，把哥哥给的那个鸡蛋慢慢地吃了下去。他知道肚中饥饿的时候，若是急忙吃东西就容易噎着，所以慢慢地吃。

天是黑了，上哪儿去睡觉呢？这时候，他有点想妈妈与布人哥哥了。但是一想起泥人舅舅死得那么惨，他就把心横起来，自言自语地说："去打日本小鬼，还能想家吗？那就太没出息了！"

向前望了一望，远远地有点灯光，小木人决定去借宿。他记得小说里常有"借宿一宵，明日早行"这么两句，就一边念着，一边往前走。过了一座小桥，穿过一片田地，他来到那有灯光的人家。他向前拍门，门里一条小狗汪汪地叫起来。小木人向来不怕狗，和气地叫了声"小黄儿"，狗儿就不再叫了。待了一会儿，里面有了人声："谁呀？"小木人知道，离家在外必须对人有礼貌，就赶紧恭恭敬敬地说："老大爷，请开开门吧，是我呀！"这样一说，里边的人还以为是老朋友呢，急忙开了门，而且把小狗儿赶在一边去。开门的果然是个老人，小木人的"老大爷"并没有叫错，因为他会辨别语声呀。老人又问了声："谁呀？"小木人立正答道："是我！"老人这才低头看见了小木人，原来他并没想到来的是个小朋友。

"哎呀!"老人惊异地说,"原来是个小孩儿呀!怎这么黑间半夜的出来呢?莫非走迷了路,找不到家了吗?"

小木人含笑地回答:"不是!老大爷,我不是走迷了路,我是去投军打日本鬼子的!你知道吗,日本鬼子把我的舅舅炸死了!"

老人一听此言,更觉稀奇。心中暗想,哪有这么小的人儿就去投军的呢?同时,心中也很佩服这个小孩儿:别看他人小,志气可是大呢。于是就去拉住小木人,往门里让。这一拉不要紧,老人可吓了一跳:"我说,小朋友,你的手怎这么硬啊?"

小木人笑了:"不瞒你老人家说,我是小木人呀!"

"什么?"老人喊了起来,"小木人?小木人?"

"是呀,我是小木人!我来借宿一宵,明日早行!"小木人非常得意地用着这两句成语。

"哎呀,我倒还没有招待过木头人!"老人

显出有点为难的样子，"我说，你不是什么小妖精吧?"

"不是妖精!"小木人赶紧答辩，"不信，老大爷你摸摸我，头上没有犄角，身上没有毛，后边也没有尾巴!"

这时节，院中出来一群人：一位老婆婆手中端着灯，一位小媳妇手中持着烛，还有一位大姑娘，和四五个男女小孩。大家把老头儿与小木人围在当中，都觉得稀罕，都争着问怎回事。大家一齐开口，弄得谁也听不见谁的话，乱成了一团。小木人背过身子，用手捂住嘴。大家忽然听见敲锣的声音，一齐说："空袭警报!"马上安静下来。小木人赶紧转回身来，向大家立正，敬礼，像讲演一般地说："诸位先生，我是小木人，现在去投军打日本，今天要借宿一宵，明日早行!"

大家听明白了，就又一齐开口问长问短。老人喊了一声："雅静!"看大家又不出声了，才说："我们要先熄了灯，不是有警报吗?"

小木人不由得笑出声来："那，那，那是我

嘴中学敲锣呀！不是真的！"

这样一说，逗得大家又笑成了一团。

"雅静！"老人喊了一声，接着说，"现在我们怎么办呢？咱们没有招待过木头人呀！"

四五个小孩首先发言："我们会招待木头客人！教他和我在一块睡！"然后争着说："我的床大！"另一个就说："我的床香！"说着说着就要打起来。

这时候老太太说了话："谁也不要争，大家组织一个招待委员会，到屋里去商议吧！"

"好！好！好！"小孩一齐喊。然后不由分说，便把小木人抬了起来，往屋里走。

不大一会儿，委员会组织好。老人做睡觉委员，专去睡觉，不用管别的事，因为上了年岁的人是要早睡的。老太太和小媳妇做烹调委员，把家中的腊肠腊肉和青菜都要做一点来，慰劳木头客人。大姑娘做编织委员，要极快地给小木人编一双草鞋，和一顶草帽。小孩们做宿舍委员，把大家的床都搬到一处，摆成一座大炕，大家好和小木人都睡在一起，不必再起争执。

热闹了半夜，大家才去睡觉。小木头人十分感激，眼中落出木头泪珠来。拾起木泪，送给孩子们每人两个，作为纪念品。他虽是这样地感激大家，大家可是还觉得招待不周。真的，谁不尊敬出征的人呢？出征的人都是英雄！

第二天清早，小木人便起来向大家告辞。大家一致挽留，小木人可不敢耽误工夫，一定要走。一家老小见挽留不住，也就不便勉强，因为他们知道出征是重要的事啊。大姑娘已把草鞋和草帽编好，送给小木人。他把草鞋系在腰间，草帽放在背上，到下雨的时候再穿戴。老太太把两串腊肠挂在他的脖子上，很像摩登小姐戴的项链，不过稍粗了一点而已。小媳妇给他煮了五个鸡蛋，外加两个皮蛋，两个咸鸭蛋。小孩们没有好东西送给他，大家就用红笔在他的草帽帽檐上写了"出征的木人"五个大字。老人本想把自己用的长杆烟袋送给他，怎奈小木人并不吸烟。于是，忽然心生一计，说：

"小木人呀，我替你写封家信吧，好教你妈

妈放心。"

小木人很愿意这么做，就托老人替他写，并且拿出两个鸡蛋，也请老人给贴上邮票寄给妈妈和哥哥。老人问他家住哪里。他记得很清楚："木县，木头村，第一号。"

老人写完信，小木人用木头嘴在纸面上印了几个吻，交给老人替他交到邮局。而后，向大家一一敬礼，告辞。大家都恋恋不舍，送到门外。小孩子们和小狗一直送到二里多地，才洒泪而别。

小木人一路走去，甚是顺利。因为他的草帽上有"出征"的字样，所以到处受欢迎，食水宿处全无半点困难，而且有几处小学校，请他讲演。他虽没有什么了不起的口才，但是理直气壮，也颇能感动人；有些小学生因给他拍掌，竟将手掌拍破；有些小学生想跟他一同到前方去，可是被先生们给拦住了。

走了一个星期，他还没走到前线。小木人心中暗想："中国是多么伟大呀，敢情地图上短短的一条线就得走许多日子呀！"在这几天里，他看见几处城市都有被炸过的痕迹，于是就更恨日本鬼子，非去报仇不可。

走到第十天头上，正是晌午，他来到一座大城，还没进城，他就看见有许多人从城内往外跑。小木人一猜就猜对了：准是有空袭。虽然猜到了，他可是丝毫不怕。他一直奔了城墙去。站在墙根，他抬头往上看。城墙，从远处看，是很直的。凑近了一看，那一层层的大砖原来也有微微的斜度，像梯子似的，不过是很难爬的梯子罢了。再说吧，城墙已经很老，砖上往往有些坑儿，也可以放脚。小木人看完了墙，再低头看自己的脚。他不由得笑了一笑。他的脚是多么瘦小伶俐呀。好吧，他决定爬上城墙去。紧了紧身上的东西，他就开始往上爬。爬到中腰，墙上有一棵歪脖的酸枣树，树上结着些鲜红的小枣，像些珠子似的发着光。小木人骑在树干上，休息一会儿，往下一看，看见躲避空袭的人像潮水一般的往城外走。他心中说，泥人舅舅大概就是这样死的，非报仇不可！说着，心中一怒，便搂上一把酸枣子，也不管酸不酸，全放在了嘴中。

爬上了城墙，小木人跟猴子一样伶俐，连跑带跳地就上了城楼的尖儿。哎呀，多么好看哪！往上看吧，天比平日远了许多，要不是教远山给截住，简直没有了边儿呀！往下看吧，一丛一丛的绿树，一块一块的田地，一处一处的人家，都像小玩意似的，清清楚楚的，五颜六色的，摆在那里。人呀，马呀，牛呀，都变成那么一小块、一小块的在地上慢慢地动。小木人，这时候，很想布人哥哥。假若小布人哥哥现在也在这里，该多么高兴呀。恐怕就是妈妈也没有见过这么美的景致吧，小木人越想越高兴，不觉地拍起手来。

哪知道，小木人正在欢喜，远远的可来了最讨厌的声音。忽隆，忽隆，好讨厌，就像要把青天顶碎了似的。小木人立在城楼尖上，往远处望，西北角上发现了几只黑小鸟。他指着那小鸟骂道："可恶的东西，你们把泥人舅舅炸碎，还又来炸别人么？我今天不能饶了你们！"

说时迟，那时快，眼看着敌机到了头上。

小木人数了数，一共是六架。飞机都飞得很低，似乎有要用机枪扫射下面的样子。小木人急中生智，把自己的木棍和鸡冠枪全放下（这两件东西至今还在城楼上呢），看飞机来到，就用了全身的力量往上一跳。这真冒险极了，假若他扑了空，就必定跌落下来，尽管他是枣木身子，也得跌碎了哇。可是，他这一下跳得真高。一伸手，他抓住一架飞机的尾巴。左手抓，右手把腰间的绳子——童子军不是老带着一条绳子么？——解下来，拴在飞机尾巴上。然后，他拴了一个套儿，把头伸进去，吊住了脖子。要是别人这样办，一会儿就必伸了舌头，成了吊死鬼。但是小木人的脖子是木头的，还怕什么呢。这样吊在飞机尾巴上，飞机上的人就不会看到他；他们看不见他，他就可以随着飞机回到飞机场呀。到了敌人的飞机场又怎样呢？小木人正在思索，让咱们大家也慢慢地想想看吧。

在飞机尾巴吊着，是多么有趣的事呀！看吧，这又比城楼高得多了。连山哪，都不过是一道道的小绿冈儿；河呀，不过是一条线！真好看，地上只是一片片的颜色，黄的，绿的，灰的，一块块的，一条条的，就好像一个顶大顶大的画家给画上的。更有趣的是一会儿钻到云里去，一会儿又钻出来。钻进去的时候，什么也看不见，只被一片雾气包围着，有的地方白一点，有的地方黑一点，大概馒头在蒸锅里就是这样。慢慢地，雾气越来越白越少了，哈！钻出来了！原来飞机已经飞到云上边去！上边是青天大太阳，下边是高高矮矮的黑白的云堆，像一片用棉絮堆成的山。山峰上都被日光照得发着金光。哎呀，多么美丽呀！多么好看呀！小木人差一点就喊叫出来。虽然他就是喊起来，别人也听不见，可是他不能不小心哪。

一会儿，又飞到了一座城，飞机排成了一字形。小木人知道，这是要投弹了。他非常的着急，非常的愤恨，可是一点办法没有。"等一会儿看吧，看我怎样收拾你们！"他只能自言自语地这么说。说罢，他闭上了眼，不忍看我们的城市被敌人轰炸。

飞机投了弹，很得意地往回飞。这时候，

小木人顾不得看下面的景致了，闭着眼一劲儿想好主意。想着想着，他摸了摸身上，摸到一盒洋火。他笑了笑。

飞机飞得很低了，小木人想，这必定是到了飞机的家。他往上纵一纵身，两手扒住飞机尾巴，尾巴前面有个洼洼，他就放平了身子，藏在那里。飞机盘旋地往下落，他觉得有点头晕，就赶紧把脚拼命地蹬直，两手用力攀住，以免头一晕，被飞机给甩下去。

飞机落了地，机上的人们都匆忙地下去。小木人斜着眼一看，太阳还老高呢，机场上来来往往还有不少的人。他想呀，现在若是去用火柴烧飞机，至多不过能烧一架，机场上人多，而且架着好几架机关枪呀。莫若呀，等到夜里再动手，把机场上所有的飞机全烧光，岂不痛快么。好在脖子上的腊肠还剩有一节，也不至于饿得发慌。越想越对，也就大气不出地，先把腊肠吃了。

吃完腊肠，他想打个盹儿，休息休息。小木人是真勇敢，可是粗心的勇敢是不中用的。

幸而他还没有真睡了；要是真睡去，滚到空地上来，他就可以被日本人活捉了去。那可怎办呢？你看，他刚一闭眼，就听见脚步声。原来，飞机回到机场是要检查的呀，看看有没有毛病，以免下次起飞的时候出险呀。那脚步声便是检查飞机的人来了哇！小木人的心要跳出来！假若，他们往飞机尾巴下面看一眼，他岂不要束手被擒么？他知道，事到而今，绝不可害怕逃走。他一跑，准教人家给逮住！他停止了呼吸，每一秒钟就像一个月那么长似的等着。幸而，那些人并没有检查这一架飞机，而只由这里走过——小木人连他们皮鞋上的一点泥都看得清清楚楚的！

他再也不敢大意，连要打哈欠的时候都把嘴按在地上。就是这样，他一直等到天黑。

这是个月黑天，又有点夜雾。小木人的附近没有一个人。他只听得到远处的一两声咳嗽，想必是哨兵；他往咳嗽声音的来处望一望，看不见什么，一切都被雾给遮住。他放大了胆，从地上爬起来，轻轻地走出来几步，他要数一数这里一共有多少飞机。转了一个小圈，他已看到二十多架，他不由得喜欢起来。哎呀，假如一下子能烧二十多架敌机，够多么好哇！可是，他又想起了：只凭几根火柴，能不能成功呢？不错，汽油是见火就燃的。可是，万一刚烧起一架，而那些哨兵就跑来，可怎么办？不错呀，机场里有机关枪。可是他不会放呀！糟极了！糟极了……小木人自己念叨着。哼，当兵岂是件容易的事呀。

无可奈何，他坐在了地上，很想大哭一场。

正在这个工夫，他听见了脚步声音。他赶紧趴伏在地上。来的是一个兵。小木人急中生智，把自己的绳子放出去，当作绊马索，一下子把那个兵绊倒。然后，他就像一道电闪那么快，骑在兵的脖子上，两只木头小手就好似一把钳子，紧紧地扣住兵的咽喉。那个兵始终没有出一声，就稀里糊涂地断了气。小木人见他一动也不动了，就松了手，可是还在他的脖子上坐着。用力太大，他有点疲乏，心中又怪难过的——他想，好好的一个人，偏偏上我们这里来杀人放火，多么可恨！可是一遇上咱小木人，你又连妈都没叫一声就死了，多么可怜！这么想了一会儿，小木人不敢多耽误工夫，就念念叨叨地去摸兵的身上："你来欺负我们，我们就打死你！泥人舅舅怎么死的？哼，小木人会给舅舅报仇！"一边这么嘟囔着，他一边摸索。摸来摸去，你猜怎么着？他摸到两个圆球。他还以为是鸡蛋。再摸，喝，蛋怎么有把儿呢？啊，对了，这是手榴弹。他在画报上看见过手榴弹的图，所以一见就认出来。

把手榴弹在手里摆弄了半天，他也想不起应当怎么放。他很恨自己粗心。当初，他看画报的时候，那里原来有扔掷手榴弹的详图，可是他没有详细地看。他晓得手榴弹是炸飞机顶好的东西，可是现在手榴弹得到手，而放不出去，多么糟糕！他赌气把手榴弹扔在了地上，又到死兵的身上去摸。这回摸到一把手枪。拿着手枪，他又想了想：现在只好用手枪打飞机的油箱。打完一架，再打一架，就是被人家给生擒住，也只好认命了，也算值得了。

当他打燃了第一架飞机的时候，四面八方的电铃响成了一片。他又极快地打第二架，打燃了第二架，场中放开了照明灯，把全场照如白昼。他又去打第三架。这时候，场中集聚了不知多少敌兵，都端着枪，枪上安着明晃晃的刺刀，向他包围。他急忙就地一滚，滚到一架飞机上面。他知道，他们若向他放枪，就必打了他们自己的飞机。"那，"他心中说，"也不错呀，咱小木人和一架飞机在一块儿烧光也值得呀！"

敌兵还往前凑，并没放枪。小木人一动也不动，等待着逃走的机会。敌人越走越近了，小木人知道发慌不但没用，而且足以坏事。他沉住了气。等敌兵快走到他身前了，他看出来，他们都是罗圈腿，两腿之间有很大的空当儿。他马上打好主意。猛地，他来了一个鲤鱼打挺，几乎是平着身子，钻出去。

兵们看见一条小黑影由腿中钻出，赶紧向后转。这时候，小木人已跑出五十码，他们开了枪。那怎能打中小木人呢？他是那么矮小，又是低头缩背，膝磕几乎顶住嘴地跑，他们怎能瞄准了哇？可是，他们也很聪明，马上都卧倒射击。小木人还是拼命地跑，尽管枪弹嗖嗖地由身旁，由头上，由耳边，连串地飞过，他既不向后瞧，也不放慢了步，一气，他跑出机场。

后面追来的起码有一百多人，一边追，一边放枪。小木人的腿有点酸了，可是后面的人越追越紧。眼前有一道壕沟，他不管三七二十一，便跳了下去。跳下去，他可是不敢坐下歇息，就顺着沟横着跑。一边跑，一边学着冲锋号——"嘀哒嘀哒嘀嘀哒！"

追兵一听见号声，全停住不敢前进。他们想啊，要偷袭飞机场，必定有大批的人，而这些人必定在沟里埋伏着呢。他们的官长就下命令："大眼武二郎，田中芝麻郎，向前搜索；其余的都散开，各找掩护。"喝，你看吧，武二郎和芝麻郎就趴在地上慢慢往前爬，像两个蜗牛似的。其余的人呢，有的藏在树后，有的趴在土坑儿里。他们这么慢条斯理地瞎闹，小木人已跑出了一里地。

他立住，听了听，四外没有什么声音了，就一跳，跳出了壕沟，慢慢地往前走。走到天明，他看见一座小村子。他想进去找点水喝。刚一进村外的小树林，可是，就听见一声呼喝："站住！口令！"树后面闪出一位武装同志来，端着枪，威风凛凛，相貌堂堂。小木人一看，原来是位中国兵。他喜得跳了起来。过去，他就抱住了同志的腿，好像是见了亲人哥哥似的那么亲热。同志倒吓了一跳，忙问："你是谁？怎回事？"小木人坐在地上，就把离家以后的事，像说故事似的从头说了一遍。同志听罢，伸出大拇指，说："你是天下第一的小木人！"然后，把水壶摘下来，请小木人喝水。"你等着，等我换班的时候，我领你去见我们的官长。"

太阳出来，同志换了班，就领着小木人去见官长。官长是位师长，住在一座小破庙里。这位师长长得非常的好看，中等身量，白净脸，唇上留着漆黑发亮的小黑胡子。他既好看，又非常的和蔼，一点也不像日本军人那么又丑又凶。小木人很喜爱师长，师长也很喜欢小木人。师长拉着小木人的手，把小木人所做的事问了个详细。他一边听，一边连连点头，而且教司书给细细记了下来。等小木人报告完毕，师长教勤务兵去煮十个鸡蛋慰劳他，然后就说："小木人呀，我必把你的功劳报告给军长，军长再报告给总司令。你现在怎办呢？是回家，还是当兵呢？"

小木人说："我必得当兵，因为我还不会打机关枪和放手榴弹，应当好好学一学呀！"

师长说："好吧，我就收你当一名兵。可是，你要晓得，当兵可不能淘气呀！一淘气就打板子，绝不容情！"

小木人答应了以后不淘气，可是心中暗想，咱小木人才不怕挨板子呀！

从村子里找来个油漆匠，给小木人改了装。他本穿的是童子军装，现在漆成了正式的军服，甚是体面。

从此，小木人便当了兵。每逢和日本人交

战，他总做先锋，先去打探一切，因为他的腿既快，眼又尖，而且最有心路啊。

有一天，小布人在学校里听到广播，说小木人烧了敌机，立下功劳。他就向先生请了一会儿假，赶忙跑回家，告诉了母亲。妈妈十分欢喜，马上教小布人给弟弟写一封信，小布人不加思索，在信纸上写了一大串"一"字，并且告诉妈妈，这些"一"字有长有短有直有斜，弟弟一看，就会明白什么意思。

写完了信，小布人向妈妈说，他自己也愿去当兵。妈妈说："你爱读书，有学问。应当继续读书，将来得了博士学位，也能为国家出力。你弟弟读书的成绩比不上你，身体可是比你强得多，所以应该去当兵杀敌。你不要去，你是文的，弟弟是武的，咱家一门文武双全，够多么好哇！"

小布人听了，就又回到学校，好好地读书，立志要得博士学位。

小铃儿

京城北郊王家镇小学校里，校长、教员、夫役，凑齐也有十来个人，没有一个不说小铃儿是聪明可爱的。每到学期开始，同级的学友多半是举他做级长的。

别的孩子入学后，先生总喊他的学名，唯独小铃儿的名字——德森——仿佛是虚设的。校长时常地说："小铃儿真像个小铜铃，一碰就响的！"

下了课后，先生总拉着小铃儿说长道短，直到别的孩子都走净，才放他走。那一天师生说闲话，先生顺便地问道："小铃儿你父亲得什么病死的？你还记得他的模样吗？"

"不记得！等我回家问我娘去！"小铃儿哭丧着脸，说话的时候，眼睛不住地往别处看。

"小铃儿看这张画片多么好，送给你吧！"先生看见小铃儿可怜的样子，赶快从书架上拿了一张画片给了他。

"先生！谢谢你——这个人是谁？"

"这不是咱们常说的那个李鸿章吗！"

"就是他呀！呃！跟日本讲和的！"小铃儿两只明汪汪的眼睛，看看画片，又看先生。

"拿去吧！昨天咱们讲的国耻历史忘了没有？长大成人打日本去，别跟李鸿章一样！"

"跟他一样？把脑袋打掉了，也不能讲和！"小铃儿停顿一会儿，又继续着说，"明天讲演会我就说这个题目，先生！我讲演的时候，怎么脸上总发烧呢？"

"慢慢练就不红脸啦！铃儿该回去啦！好！明天早早来！"先生顺口搭音地躺在床上。

"先生明天见吧！"小铃儿背起书包，唱着小山羊歌走出校来。

小铃儿每天下学，总是一直唱到家门，他

母亲听见歌声，就出来开门。今天忽然变了。

"娘啊！开门来！"很急躁地用小拳头叩着门。

"今天怎么这样晚才回来？刚才你大舅来了！"小铃儿的母亲，把手里的针线扦在头上，给他开门。

"在哪儿呢？大舅！大舅！你怎么老不来啦？"小铃儿紧紧地往屋里跑。

"你倒是听完了！你大舅等你半天，等得不耐烦，就走啦，一半天还来呢！"他母亲一边笑一边说。

"真是！今天怎么竟是这样的事！跟大舅说说李鸿章的事也好哇！"

"哟！你又跟人家拌嘴啦？谁？跟李鸿章？"

"娘啊！你要上学，可真不行，李鸿章早死啦！"从书包里拿出画片，给他母亲看，"这不是他，不是跟日本讲和的奸细吗？"

"你这孩子！一点规矩都不懂啦！等你舅舅来，还是求他带你学手艺去，我知道李鸿章干吗？"

“学手艺，我可不干！我现在当级长，慢慢地往上升，横是有做校长的那一天！多么好!”他摇晃着脑袋，向他母亲说。

“别美啦！给我买线去！青的白的两样一个铜子的!”

吃过晚饭小铃儿陪着母亲，坐在灯底下念书；他母亲替人家做些针黹。念乏了，就同他母亲说些闲话。

“娘啊！我父亲脸上有麻子没有?”

“这是打哪儿提起，他脸上甭提多么干净啦!”

“我父亲爱我不爱？给我买过吃食没有?”

“你都忘了？哪一天从外边回来不是先去抱你，你姑母常常地说他：‘这可真是你的金蛋，抱着吧！将来真许做大官增光耀祖呢!’你父亲就眯唏眯唏地傻笑，搬起你的小脚指头，放在嘴边香香地亲着，气得你姑母又是恼又是笑。——那时你真是又白又胖，着实地爱人。”

小铃儿不错眼珠地听他母亲说，仿佛听笑话似的，待了半天又问道：

"我姑母打过我没有?"

"没有!别看她待我厉害,待你可是真爱。那一年你长口疮,半夜里啼哭,她还起来背着你,满屋子走,一边走一边说:'金蛋!金蛋!好孩子!别哭!你父亲一定还回来呢!回来给你带柿霜糖多么好吃!好孩子!别哭啦!'"

"我父亲那一年就死啦?怎么死的?"

"可不是后半年!你姑母也跟了他去,要不是为你,我还干什么活着?"小铃儿的母亲放下针线叹了一口气,那眼泪断了线的珠子般流下来!

"你父亲不是打南京阵亡了吗?哼!尸骨也不知道飞到哪里去呢!"

小铃儿听完,蹦下炕去,拿小拳头向南北划着,大声地说:"不用忙!我长大了给父亲报仇!先打日本后打南京!"

"你要怎样?快给我倒碗水吧!不用想那个,长大成人好好地养活我,那才算孝子。倒完水该睡了,明天好早起!"

他母亲依旧做她的活计,小铃儿躺在被窝

里，把头钻出来钻进去，一直到二更多天才睡熟。

"快跑，快跑，开枪！打！"小铃儿一拳打在他母亲的腿上。

"哟，怎么啦！这孩子又吃多啦！瞧！被子踹在一边去了。铃儿！快醒醒！盖好了再睡！"

"娘啊！好痛快！他们败啦！"小铃儿睁了睁眼睛，又睡着了。

第二天小铃儿起来得很早，一直地跑到学校，不去给先生鞠躬，先找他的学伴。凑了几个身体强壮的，大家蹲在体操场的犄角上。

小铃儿说："我打算弄一个会，不要旁人，只要咱们几个。每天早来晚走，咱们大家练身体，互相地打，打疼了，也不准急，练这么几年，管保能打日本去；我还多一层，打完日本再打南京。"

"好！好！就这么办！就举你作头目。咱们都起个名儿，让别人听不懂，好不好？"一个十四五岁头上长着疙瘩，名叫张纯的说。

"我叫一只虎，"李进才说，"他们都叫我

李大嘴，我的嘴真要跟老虎一样，非吃他们不可！"

"我，我叫花孔雀！"一个鸟贩子的儿子，名叫王凤起的说。

"我叫什么呢？我可不要什么狼和虎。"小铃儿说。

"越厉害越好啊！你说虎不好，我不跟你好啦！"李进才撇着嘴说。

"要不你叫卷毛狮子，先生不是说过，'狮子是百兽的王'吗？"王凤起说。

"不行！不行！我力气大，我叫狮子！德森叫金钱豹吧！"张纯把别人推开，拍着小铃儿的肩膀说。

正说得高兴，先生从那边嚷着说："你们不上教室温课去，蹲在那块干什么？"一眼看见小铃儿，声音稍微缓和些："小铃儿你怎么也蹲在那块？快上教室里去！"

大家慢腾腾地溜开，等先生进屋去，又凑在一块商议他们的事。

不到半个月，学校里竟自发生一件奇怪的

事——永不招惹人的小铃儿会有人给他告诉："先生！小铃儿打我一拳！"

"胡说！小铃儿哪会打人？不要欺侮他老实！"先生很决断地说，"叫小铃儿来！"

小铃儿一边擦头上的汗一边说："先生！真是我打了他一下，我试着玩来着，我不敢再——"

"去吧！没什么要紧！以后不准这样，这么点事，值得告诉？真是！"先生说完，小铃儿同那委委屈屈的小孩子都走出来。

"先生！小铃儿看着我们值日，他竟说我们没力气，不配当；他又管我们叫小日本，拿着教鞭当枪，比着我们。"几个小女孩子，都用那炭条似的小手，抹着眼泪。

"这样子！可真是学坏了！叫他来，我问他！"先生很不高兴地说。

"先生！她们值日，老不痛痛快快的嘛，三个人搬一把椅子。——再说我也没拿枪比划她们。"小铃儿恶狠狠地瞪着她们。

"我看你这几天是跟张纯学坏了，顶好的孩

子，怎么跟他学呢！"

"谁跟卷毛狮……张纯……"小铃儿背过脸去吐了吐舌头。

"你说什么？"

"谁跟张纯在一块来着！"

"我也不好罚你，你帮着她们扫地去，扫完了，快画那张国耻地图。不然我可真要……"先生头也不抬，只顾改缀法的成绩。

"先生！我不用扫地了，先画地图吧！开展览会的时候，好让大家看哪！你不是说，咱们国的人，都不知道爱国吗？"

"也好！去画吧！你们也都别哭了！还不快扫地去，扫完了好回家！"

小铃儿同着她们一齐走出来，走不远，就看见那几个淘气的男孩子，在墙根站着，向小铃儿招手，低声地叫着："豹！豹！快来呀！我们都等急啦！"

"先生还让我画地图哪！"

"什么地图，不来不行！"说话时一齐蜂拥上来，拉着小铃儿向体操场去，他嘴直嚷：

"不行！不行！先生要责备我呢！"

"练身体不是为挨打吗？你没听过先生说吗？什么来着？对了：'斯巴达的小孩，把小猫藏在裤子里，还不怕呢！'挨打是明天的事，先走吧！走！"张纯一边比方着，一边说。

小铃儿皱着眉，同大家来到操场犄角说道："说吧！今天干什么？"

"今天可好啦！我探明白了！一个小鬼子，每天骑着小自行车，从咱们学校北墙外边过，咱们想法子打他好不好？"张纯说。

李进才抢着说："我也知道，他是北街洋教堂的孩子。"

"别粗心咧！咱们都戴着学校的徽章，穿着制服，打他的时候，他还认不出来吗？"小铃儿说。

"好怯家伙！大丈夫敢作敢当，再说先生责罚咱们，不会问他，你不是说雪国耻得打洋人吗？"李进才指教员室那边说。

"对！——可是倘若把衣裳撕了，我母亲不打我吗？"小铃儿站起来，掸了掸身上的土。

"你简直的不用去啦！这么怯，将来还打日本哪?"王凤起指着小铃儿的脸说。

　　"干哪！听你们的！走……"小铃儿红了脸，同着大众顺着墙根溜出去，也没顾拿书包。

　　第二天早晨，校长显着极懊恼的神气，在礼堂外边挂了一块白牌，上面写着：

　　"德森张纯……不遵校规，纠众群殴，……照章斥退……"

图书在版编目（CIP）数据

猫·母鸡 / 老舍著. -- 武汉：长江文艺出版社，2023.9
ISBN 978-7-5702-3237-6

Ⅰ. ①猫… Ⅱ. ①老… Ⅲ. ①散文集－中国－现代
Ⅳ. ①I266

中国国家版本馆 CIP 数据核字(2023)第 125285 号

猫·母鸡
MAO·MUJI

责任编辑：孙 琳　　　　　　　责任校对：毛季慧
封面设计：天行云翼 ·宋晓亮　　责任印制：邱 莉 杨 帆

出版：长江出版传媒 长江文艺出版社
地址：武汉市雄楚大街 268 号　　　邮编：430070
发行：长江文艺出版社
http://www.cjlap.com
印刷：武汉市首壹印务有限公司

开本：640 毫米×970 毫米　　1/16　印张：7.5　　　插页：4 页
版次：2023 年 9 月第 1 版　　　2023 年 9 月第 1 次印刷
字数：48 千字

定价：23.00 元